傳古芸香

小檀欒室彙刻閨秀詞

徐乃昌 校刻

第九集
第十集

署

浙江大學出版社

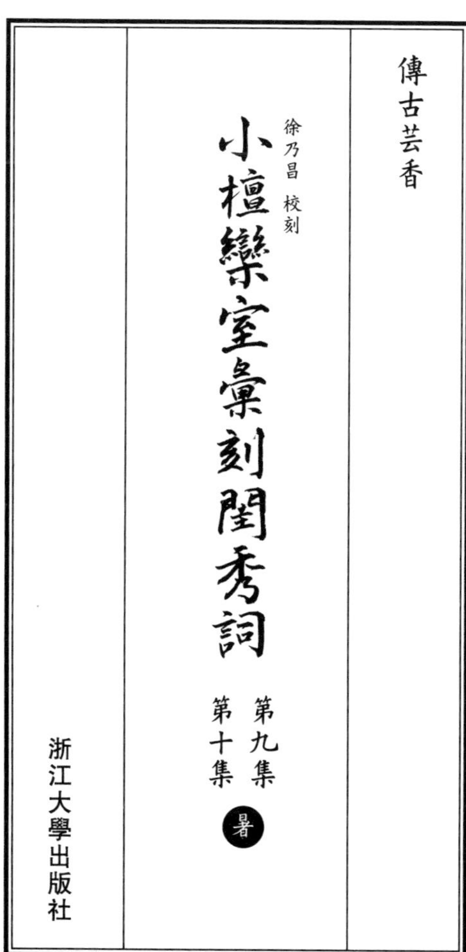

本册目録

小檀欒室彙刻閨秀詞第十集

通州
張謇
書端

小檀欒室彙刻閨秀詞目

南陵徐乃昌𠋫弜編

第十集

沈鵲應崦廔詞一卷
李愼溶䨓影吹笙室詞一卷

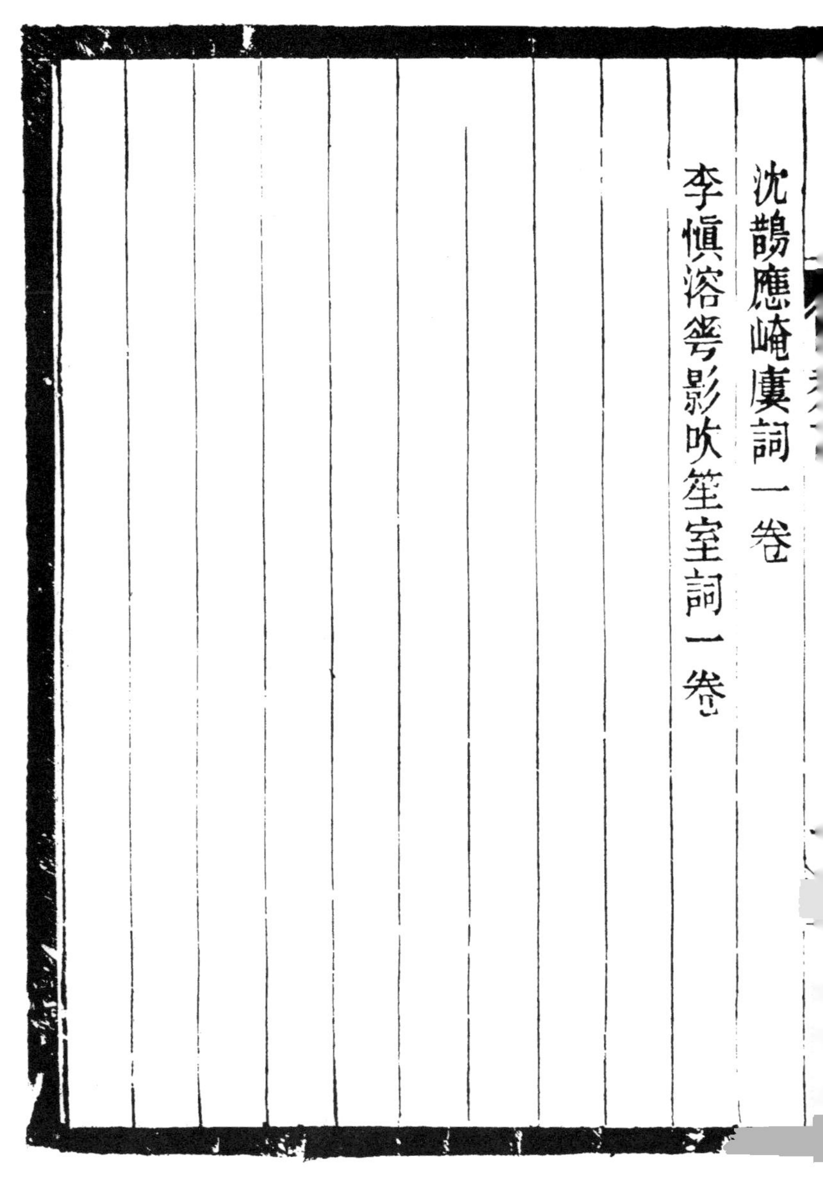

小檀欒室閨秀詞第十集詞人姓氏

南陵徐乃昌仌弜纂錄

沈宜修字宛君吳江人葉紹袁室紹袁有才名子女俱工文詞宛君集名鸝吹又有伊人思輯閨秀詩文甚備子燮登康熙庚戌榜進士

葉紈紈字昭齊吳江人沈宛君長女適袁了凡孫季二十三卒有遺稿名愁言名媛集稱其詩俊逸蕭永如新桐初引青山照人其詞亦復爾爾

葉小鸞字瓊章一字瑤期自號煮夢子吳江人沈宛君之季女季十七未嫁而亡有遺集名返生香

賀雙卿字秋碧丹陽人負絕世才秉絕代姿爲農家婦

姑惡夫暴勞瘁以死生平所爲詩詞不欲留墨迹每以
粉筆書蘆葉上以粉易脫葉易碎也其旨幽深窈曲怨
而不怒古今逸品史梧岡西青散記載雙卿事甚詳
張友書字静宜丹徒人諸生壬女同邑拔貢生陳宗起
室起亡年甫三十撫二子成立皆無違行以苦節得旌
於朝
孫瑩培字□□錢塘人仁和阮子祥室
吴小姑字□□號海山仙人瓊州人邱玉珊秀才側室
繆珠蓀字霞珍一字穉青江陰人繆玉藻女編修荃孫
堂妹金匱鄧乃溥室
沈鵲應字孟雅侯官人前江西巡撫沈瑜慶女同邑前

參政林旭室旭遭戊戌變政之禍䳺應以死殉

李慎溶字穉清閩縣人同縣孫員外鴻謨室江蘇同知

李宣龔妹

鸝吹詞

鸝吹詞

鸝吹詞

吴江沈宜修宛君譔

憶王孫

天涯隨處艸青青，柳色遮遮長短亭。枝上黄鸝怨落英。遠山横，不盡飛雲自在行。

又

風吹曉處別關山，斜月人歸臉影殘。蝶怨蜂愁意闌。隔雕欄，露溼飛雰綠雨寒。

又

芳箋題罷困紅綃，小處無端過斷橋。月影江聲送去潮。漫魂勞，簾外輕風到柳條。

寿調

雲屏宋宋鏁殘香錦瑟季華已半塵芳艸留香鶯語新
繡菭茵金鈿瓊簫總殢人

寿調

梨雩夢轉杳雩寒碧葉琅玕玉佩珊零落香雩恨遠山
倚闌看又見爐籠日半竿

寿調

銀鐙雩謝酒初醒夢太懕來月半明玉漏沉沉夜色清
翠生生芳艸能消幾許情

寿調

翩翩蝶粉落睬梢金井烏嗁隔絳綃香對迷津歸路遥

暗香消長把閑情逐水飄

　　前調

棠棠枝上杜鵑啼憔悴香泥燕子泥香冷鑪煙寥影移

栁綿飛落盡紅英水拍堤

　　前調

芳菲誰向寥中憐楊栁長亭幾處煙雲斷霞飛獨黯然

淚書傳細艸空連落日邊

　　前調

錦川珠浦憶仙游寥落橫江逐寥浮寥覺紗牕月半鉤

影悠悠依舊王孫桂對留

　　前調

歲莫舟行

疎煙平野望蒼茫艸色蕭蕭帶葉黃一片青山遶斷腸　鴈歸忙只剩寒波送夕陽

如夢令　別恨

殘月斜窺櫳色香燼夢回鶤覓正是斷腸時禁得許多相憶岑宋岑宋鴈唳一聲寒碧

前調　元夕感懷

人靜夜寒如昨兩度曾風蕭索疎影月朦朧依約半庭怺籜壓幕壓幕牕外那知槑落

苪調

夜月

月暈天邊常有心緒渾如中酒酒醒是何時廔外𠺕𠻞楊柳依舊依舊羸得𦃇𦆯消瘦

苪調

明月影斜𦆯緺故向畫屏寒透雲鬟幾勝情脉脉斷魂時候知否知否今夜綠臉紅衷

苪調

炢葺

平野遥連湘渚葺色涼生碧對待望月華明煶聽閑宵風雨無緒無緒最是寒煙數縷

蕭瑟西風初動又是一番涼送鐙藥小牕斜往事不堪新寥悰重悰重綆短銀瓶水凍

寒夕

風月天邊長美佳興如之何矣蕭瑟滿疎林慣與悰懷相倚何似何似楓落秊秊流水

長相思

㶭夜

風蕭蕭雨蕭蕭四壁吟蛩入寥遙悰腸酒不消　鐙影搖帳影飄聽盡牕一夜蕉𩅰𩅰鶸自招

前調

路漫漫恨漫漫竹葉撩風送響繁淒清滿畫欄　夜將闌漏聲殘看盡餘鐙伴曉寒慿懷欲遣難

點絳唇

音閨

嗁鳥嬌音細風吹向慿邊近斷腸鶯問嫩籜含新粉寥遠天涯總是無憑準黃昏信落紅成陣買盡東風恨

前調

代人寫恨

滿目爍光厭聽反舌嗁聲口泪流多少回望巫山杳幾度思量落得空煩惱須知道斷腸鶯告總付平波渺

苪調

寶鏡空圓薄情猶憶當初否指環在手對面成拖逗
自悔無端信得虛名驟重陽後安排消瘦慽慽病長相守

苪調

往事堪悲斷魂最是風光好又彈别調再續應休了
待欲抛開忍見雙歡笑清鐙悄黄䳺慽老恨逐西風曉

浣溪沙

葬昔感别

芳艸連天不耐芟㭨絲無力繫征帆壓條空折手纖纖
人去河梁生宋算蓦歸蹀榭自呢喃可堪對酒溼青衫

前調

飛絮江干雨乍晴風前密葉綴紅英落赮偏映夕陽明

不爲春愁慵簇蝶自多閑悶惱嗁鶯斷腸寬瘦兩無憑

前調

春情

澹薄輕陰拾翠天細胥柔侶柳飛綿吹簫閑向畫屏前

詩句半緣芳艸斷鳥嗁多爲杏雲殘夜寒紅露溼鞦韆

前調

檻外游絲對對穿斷腸柳色最連天春風偏爲悶嬋娟

細雨自留金鈿瘳野雩偏襯玉驄煙草颿飛盡月明

邊

壽調

和君晦

拋擲瓊蕭懶奕棋粉香融汗潤酥肌雩時常自怨宵遲

上苑宮鴉啼落日畫屏香鴨鑠離思澹勻酒色暈紅

腮

壽調

宵思縈人引綫添井梧初葉露餘霑茶蘼開到雨簾纖

午枕瘳聽新乳鷰雩篩日轉舊瓴慊無情風絮碧蕿

黏

歬調

烌思

東盡纖羅不禁烌白蘋風浪幾時休斷腸明月又如鈎

露溼叢竽三徑老慊移疏影一庭幽清砧久欲倚壺

慶

歬調

細雨浮煙隔絳紗銀床宋寞鑠寒竽可堪烌思正無涯

半渚西風催怨葉一天落日送歸笳柰教閑鬬草雲

賒

歬調

桂蕋侵香對影斜平蕪遠映畫闌遮洞庭烌望幾人家

蛩露溼殘山夜月鴈風飛落莫天艱自憐粧鏡減容華

莽調

七夕

落日粧成罷錦梭步搖仙佩紫雲羅銀河風靜出金珂
靑鵲粧催䄂月小紫鸞彩簇步雲多雙棲玉對笑嫦娥

莽調

閨情

泛水浮紅自在流風莽霎落思悠悠堤邊楊柳弄輕柔
細雨澹煙芳對宲輕香淺㝱畫屏幽寸腸禁得許多

愁

寿調

倚遍闌干對夕陽楊柳條閑自掛愁長小池新緑卧鴛鴦黃鳥喚殘憐夜月梨雲吹瘦惜餘香東風不管斷人腸

寿調

秋閨

新月桐槏影上鉤露寒庭院一天秋金風颯颯夜悠悠砧杵帶愁敲遠廫鴈聲啣恨落高廔碧雲流斷莫江

幽

寿調

時往金陵贈別張倩倩表妹

楓葉無憀綠正肥多情空自繞鷗磯今宵千里斷腸時一棹青山人正遠半牀紅豆雨初飛別離無奈思依依

搗調

侍女隨意破瓜時善作嬌憨之態諸女詠之余亦戲作

裹惹飛煙綠鬢輕翠裙拖出粉雲屏飄殘楖絮未知情千喚懶回佯看蝶半含嬌語恰如鶯嗔人無賴惱秦箏

搗調

春滿𢅥櫳不耐愁蔚藍衫子趁身柔楚臺風月那禁畱畫扇半遮微艶面薄鬟推掠只低頭覷人偷自溜雙眸

㝷調

春日

細雨庭臯溼翠苔深紅淺碧綴良宵東風惹得燕嗔嬌楊柳絲搖春不定梨雲粉褪月無聊季季空自鑠春饒

㝷調

誰送春風特地來漫憐情思怨雲猜被雲猜着只裵哀舊恨無人能捉摸新愁獨我未安排眼㝷何處可忘

懷

前調

和仲韶寄韻

春事闌珊可怨嗟燃看柳絮逐風斜碧雲天際正無涯
莫問燕臺曾落日休憐吳地有飛雩春風總不屬儂
家

前調

仲夏卽事

喜得新來幾日閑半晴罧雨綠牕閒小池初漲碧灣灣
處處鳩嘑嫌不撈時時雩落艸成班輕雲飛去隔青
山

苒調

秌夜

露滴梧桐葉葉黃流鶯時度小迴廊畫屏愁撿是瀟湘何處碧笙吹斷月此時玉鈿爇清香消竈時候漏初長

苒調

早旾感悼

休問廋苒栁色匀祇應羸得鏡中顰秊秊此日作愁人艸欲妬裳還侶舊月來窺寢却如新可憐何處覓無旾

苒調

嗛外靑鐙幾縷斜天邊寒色逗明赮踈森點點綴瑤葩

凍蕋自教秦管咽飛雾還向蜀絃賒畫廔牕上只餘

紗

壽調

烁思

盡日輕陰鏁畫闌橫陳錦瑟曲聲㦲一庭烁色半闌珊

覽卷慿慵添曌思凭口雾落惜天寒篆煙聊撥㲉屏

山

壽調

細艸侵堦暎碧闌薄雲天際鳥飛㦲晚風庭院葉珊珊

自是多情何處問枉教覔斷不知寒幾田搔首杳如

山

前調

偶成

日午庭皐一葉飛世間莫問是何非且看征鴈傍雲低

落上淺痕隨步緩闌前閑影任雩移不須重論古今

時

前調

寒夜有懷

蘚碧莎平艸□陳畫闌十二月初新寥寥疎景一庭匀

露冷半天迷極望雲□幾對映寒津紫簫聲裏隔行

人

寿調

詠雪

昨夜銀屏透峭寒朝來庭霰繞闌干天涯遙憶漫相看

千里不分巒衷色三湘欲斷鴈書鶉碎瓊雜珮舞珊

珊

寿調

細翦瑤華屑作塵梅花長怨栁花晋梁園詞客賦交陳

淅瀝半添修竹韻紛紜偏作綠菭茵璚枝玉對一時

新

寿調

古蔓柴扉宋宋村六花飛遍淨無痕催殘絲艸滯王孫

幾度映牕慵展卷迴看積路好關門覊人應自獨銷
竜
弄調
淅淅隨風入畫廊沾來彩裏恨非香故敎撒粉惱何郎
千片紈絲裁扇冷一庭栁絮闘鹽忙灞橋可是勝瀟
湘
弄調
萬里龍沙一望平月明蘆管作邊聲征人何處不關情
織盡迴文俱白錦落殘珠泪伴青鐙斷腸脉脉夜寒
凝
弄調

瀟灑幽牕徹夜明飄颻散影積閑庭謝莊衣上點盈盈
喚女欲將呵手饋呼兒撿取作茶烹枩風颯颯滿幨
生

前調

洛渚翻霙隴對幽素華飄落對枝頭風隨白羽傍簷浮
竹葉樽清疑匣粉梨雲瘳冷入香籌長亭此日最生
愁

前調

雪霽

萬對蒼茫盡夕煙庭槑半吐小牕前星河耿耿月初懸
寒漏聲中消蕙艸臘雲影裏潤芸蟬此時良夜更堪

隣

菩薩蠻

旾閨迴文

絮鶯唬㝱旾光曙曙光旾㝱唬鶯絮遲日下慊坙坙慊

下日遲　看粤凭玉腕腕玉凭粤看紅衷焌香籠籠香

焌衷紅

薵調

碧煙淒影疎槑白白槑疎影淒煙碧旾早又傷人人傷

又早旾　亂魂隨㝱斷斷㝱隨魂亂愁寄莫雲流流雲

莫寄愁

薵調

鳥嗁憐遍春庭艸艸庭春遍憐嗁鳥絲柳乍煙霏霏煙

乍柳絲　竹牕搖影綠綠影搖牕竹簾逗月纖纖纖纖

月逗簾

歬調

春閨

紫騮嘶遍徑楊曉綠牕人正腰肢小紅裒拂璃簾含情

注小堯　春歸人去遠春去人歸晚莫把杏箋吹夜聲

嗁子規

歬調

送仲韶北上迴文

碧煙淒遠愁行客客行愁遠淒煙碧腸斷隔山長長山

隔斷腸　曉風淒月小小月淒風曉樓倚奈人愁愁人

奈倚樓

荈調

栁疎逕映長亭酒酒亭長映逕疎栁人去促飛塵塵飛

促去人　鴈征愁信遠遠信愁征鴈彈泪染綃紈紈綃

染泪彈

荈調

葉飛愁別驚寒怯怯寒驚別愁飛葉流水送行舟舟行

送水流　亂鴉歸對晚晚對歸鴉亂樽酒對銷魂魂銷

對酒樽

荈調

舊容銷盡寒槑瘦瘦槑寒盡銷容舊新恨別傷人人傷別恨新　杏林昔醉景景醉昔林杏嘶馬聽歸期期歸聽馬嘶

寿調

重午

薄羅皓腕籠香結詩題紈扇初裁雪日影下重慶波浮菰黍流　黃鸝嗁乍歇綠柳吹新月芳艸遍天涯王孫歸正賒

寿調

贈張倩倩表妹

鴈行吹亂雲邊字青衫拭遍天涯泪樽酒話悰長相看

各斷腸　此番人意熱不佀苒時節留語待王孫應思

一飯恩

苒調

萛烋夜雨時在金陵

閑庭滴瀝烋宵雨紗牕燈影熖無語明月幾時來芙蓉

何處開　小慶應宋寕一夜江楓落鴈唳碧天長殘更

敲斷腸

苒調

烋思迴文

荇風搖碧幰遮影影遮幰碧搖風荇涼月照宵長長宵

照月涼　萛雲飛宋露露宋飛雲萛幽思伴香篝篝香

伴思幽

蒔調

驀驚歸候悲紈扇扇紈悲候歸驚驀蕉雨隔隔臉綃綃臉

隔雨蕉　荳含咢似瘦瘦侶咢含荳腸斷正叓長長叓

正斷腸

蒔調

月圓空自長離別別離長自空圓月蟲露泣殘紅紅殘

泣露蟲　竹敲風弄菊菊弄風敲竹熄夜一聲烌烌聲

一夜熄

蒔調

碧天連渚烌雲夕夕雲烌渚連天碧山遠共江寒寒江

共遠山　素褭飄薄霧霧薄飄褭素明月映波平平波

映月明

寿調

白蘋淒影悲愁客客愁悲影淒蘋白魚渚恨無書書無

恨渚魚　玉肌涼夜獨獨夜涼肌玉銀枕廫雩茵蘭雩

廫枕銀

寿調

古今流水愁南浦浦南愁水流今古清淺棹人行行人

棹淺清　問誰憑公信信公憑誰問多恨忪裁歌歌裁

忪恨多

寿調

小屏蘿蔭餘香裊裊香餘蔭蘿屏小衣裏半煙霏霏煙
半裏衣　日斜彈怨瑟瑟怨彈斜日低栁掛蟬嘶嘶蟬
掛栁低

再調

曲闌凭遍看漪綠綠漪看遍凭闌曲流水厺時愁愁時
厺水流　井桐疎葉冷冷葉疎桐井橫篷晚舟輕輕舟
晚篷橫

再調

釧金鬆冷澄江練練江澄冷鬆金釧唇點罷飛勻勻飛
罷點唇　繡幈窺月逗逗月窺幈繡情寄楚山清清山
楚寄情

又調

落紅催雨平陰薄薄陰平雨催紅落煙對藹長川川長
藹對煙　擣衣驚寥悄悄寥驚衣擣哀鴈葬歸來來歸
葬鴈哀

又調

詠懷

吐壺擊破心灰折舊遊回首西風冽疎栁一絲絲夕陽
長自墜　晝慊閑夜月霜冷凝珂雪雲仌碧天烁雩含
無限慜

又調

元夕

踈風弄影綵初放月圓香鼓龍燈颭細霧拂鈿車瑶扉

落彩緞　輕雲飛送碧寒雪凝光白一管紫璚簫聲聲

出畫綃

前調

紅飄滿路香風撲柳絲煙繞雲連閣香裊篆霏浮簾移

影月流　霎隨塵暗去人散飛緞處香露滴雩來寒枝

一半開

前調

元夕後送別長女昭齊

畫屏開宴燒銀燭一樽重按陽關曲小院罷鐙紅落綵

吹斷風　簾前今夜月明晚愓離別到得看雩時依然

煞獨知

卉調

曾思

輕分驟別傷情黯惜夢悶月香消減煞緩縷金裳織羅

透薄涼　輕蛾顰淺黛山遠□□靉天碧晚來晴嘹鴉

更幾聲

卉調

濛濛細雨絲紅落亂鶯嘹對曾煞惡風絮舞閑庭夢寒

鏁晝清　雕闌凭獨遍飛入雙雙鸎曾色與歸期歸遲

曾夳遲

卉調

仲旾望寿夜景

琅玕戛翠敲寒玉參差弄影迴廊曲月色净無塵雩合一半旾　輕煙弄嫩柳槑落疎風候横碧掛星稀閑雲宋不飛

寿調

對雪憶亡女

疎槑香吐西闌曲娟娟一片瀟湘綠白雪遶庭飛彤雲接對低　謝娘何處公宰負因風句莫把舊詩看空憐雩正寒

憶秦娥

旾雪

東風劣芳菲釀出花朝節花朝節夜來微雨衆棠暝頹

午牕人宋喧翻蝶閑愁閑悶何時歇何時歇鷓鴣聲

斷梨花飄雪

前調

風蕭蕭露溼井上嫣紅飄嫣紅飄清明近也細雨連朝

柳絲籠雨搖纖翳畫簾飛燕愁昔宵愁昔宵澹煙艸

葉薄靄花梢

前調

寒夜不寐憶亡女

西風冽竹聲敲雨淒寒切淒寒切寸心百折迴腸千結

瑤華早逗梨花雪疎香人遠愁鵑說愁鵑說舊時歡

笑而今泪血

更漏子

寄君晦

舊愁新新𦒿厺長恨畫慊鶯語堤艸輭野𩈯輕隨帆送棹行　鸞鏡揜翠蛾歛襟東空餘泪點生別恨伴銷寬月口吹照門

清平樂

代人閨怨

王孫何處艸遍羞囬顧嘸鳥慊籠吹日草依舊晉風空度　淚流滴盡皺綃月明吹斷璃簫愁看慶蒋楊栁倚闌獨自寬消

蕣調

爲侍女隨春作侶仲韶

凌波微步已入陳王賦薄命誰憐愁似霧惱亂燈花無數　櫻花紅雨鷓禁梨雲白雪空吟落得春風消瘦斷腸淚滴瑤琴

蕣調

楊雲無力拂裊憐春色長愛嬌嗔人不識水翦雙眸欲滴　春風寶帳多情襄王空惹雲行惱得東君悄悵夜寒脉脉愁盈

蕣調

春草

東風弄曉綠楊堤邊裊何事絲絲垂繚繞惹盡空閒懊
惱　落紅舞絮盈盈鶯禁春色飄零日暮雲天碧外那
堪百囀鶯聲

壽調

柔情如結着意憑誰說春去風翻簾外鐵幾度天涯明
月　無端故故思量綠窗寥遠瀟湘啼鳥不知人恨數
聲喚落斜陽

三字令

春暮

紅落盡柳陰低雨絲飛香霧溼彩雲迷帶燕飛飛去也
武陵西　新寥短漏依依剩相思殘月冷曉煙淒蝶香

濃鶯語碎斷腸時

桃源憶故人

寄君晦

若天賜盡粿彎曉又是元宵過了叅月小牕燈照香雨

池塘艸　亂雲煙對憑靑鳥江上風帆越杳莫待鸒歸

彎老舊約應須早

莽調

思倩倩表妹

故人別後空明月倏忽淸明時節慊外子規啼徹芳艸

香絲結　盈盈一水同吳越𢙺看東風吹歇世事浮雲

升滅休問涼和熱

烏夜啼 秋思

井梧未墜如悲宋玉之秋堤柳猶垂已動繁欽之思幽響弄影散麗藻吕參差壁月飛輝蕩青蘋而瀟灑于時星河凝碧燿流火于堦荷露氣霏微溼芳枝于簷畔北書之來鴈無聞南苑之啼鶯正暖桂香半冷欲傳擣練之情系韻偏清可訴寒蛩之怨有愁難遣聊爾云焉

一對薇響競艷半廊蘿蔭含秋秋風未冷江蓴老清怨鑠高慶　寥斷碧雲易散響飛明月空留映堦細艸茸茸綠無意寄人愁

前調

黛掃何如修桂腸銷渾侶嬌棠新愁遍染羅巾泪涼月墜瓊瑠　脉脉籠殘斜日微微薰罷餘香繡臉雩落瀟湘雨憔悴立西廊

前調

枕上細蟲悄悄臉前暗竹蕭蕭殘鐙酒醒還□舊何處覓魂遥　楊柳今宵斜掛芙蓉昨夜初潮愁城日日隨人鑠空怨碧琦簫

前調

一片雨聲淅瀝半臉燈影淒其雨絲滴碎鐙雩墜往事不勝悲　天際溼雲憔悴人前乾瘦依稀薄羅涼透西風夜香泪作沬漪

壽調

南浦依然栁色西園猶剩鶯聲無聊獨向闌干倚徙倚

送雲行　樹影長畱夕照鏡奩不侶音情斷腸時候鷄

重省忽□暗愁生

壽調

雨過草蟬輕噪天開遠鷺低飛清光原似當年好人事

古今非　燕子尚畱音恨蓮房又落秌衣斜昜休問愁

多少遮莫盡鷗磯

壽調

心碎芭蕉悴綠情隨菡萏飄紅無端不是尋怊悵幾度

自忡忡　正遇悲涼初候可堪慘慄西風强將樽酒排

閑悶熄彙楚江楓

寿調

天外雲籠餘碧臉寿砌積殘黃炑聲弄出炑無數總是一淒涼　好月欲邀誰看亂風吹向人忙江天黯澹催蕭瑟飛鴈又河梁

寿調

風動月光欲灑天空雲影長搖尋涼暫起湘簾掛人共竹蕭條　曙景休追殘寢斷夢莫問良宵羞將熄鏡臨熄鬢無語伴無聊

寿調

人事何如昔日月明猶侶當時韶華本是無情物過去

不堪思　一瞬漫敎重憶半生忽自悽悲鹿蛸拂落還
縈網休問幾千絲

栁梢青

初夏

綠暗薇屏紅飄荇鏡葛付浮萍束素寒消薄羅香細數
盡歸程　新篁翠徑初成微雨後荷珠濺傾玉管聲沉
桐雩影外一段閒情

瑤池燕

和君晦韻

游絲撲絮酣嬌困落盡寒香素華留恨檀融暈鏡中休
問還羞認　隔雩梢鶯語新問芳菲損能消幾度雩信

情難訊音風幽韻憖青鬢

前調

輕寒陣陣欺雩困半嫋蛮楊乍籠餘恨藏微暈羅巾憖溼粧前認　傍慊鬟雩影堆閒香消損東風幾負音信憑誰訊平波正遠憐雙鬢

望江南　湖上曲十二闋

余自初笄時姑大人往天竺禮大士過西湖堤上時值莽烋疎柳環煙嵐光淒碧迴波清淺掩映空山恨不能遍覽湖光山色悵然歸徒然神往至戊辰歲已二十季矣復隨姑大人再禮大士過此時落紅將盡餘綺翻風細艸茸青鳥嘑

碧野聊欲登覽又已斜日銜山暝煙籠罩大人急問歸途已月出矣時正莫春十日追憶湖光泛影山色浮嵐此際不知是何景也聊作望江南十二闋以紀其略惜余之遊非遊愧余之詞非詞爾

湖上柳羅帶舞風輕煙裊千條眠曉日絲垂萬縷拂春城飛絮落繁英　寒食後綠鏡遠山橫自少灞陵橋上折長如芳苑殿春盈渾欲不勝情

春調

湖上山一抹鏡中彎南北峰高春日日東西塔鑠碧環環擔掃作雲環　微雨過滿裏翠紅斑石磴半連煙繚

繞蔓蘿深護澗潺湲遥望四天間

𡙇調

湖上女高髻簇金鈿脂粉邀人隨意傳綺羅趁體及時穿綽約晚風𡙇　勞望眼何處最嬋娟可是行雲歸楚峽疑來解佩出湘川空惹惱人憐

𡙇調

湖上酒囗囗泛瓊巵一石休辭傾竹葉十千堪買醉蘭枝玉椀綠浮蟻　杳景媚帘影曳芳時色映水晶甘露滴光分琥珀落椴飛人在習家池

𡙇調

湖上水流遶斷橋横渺渺泛連遥岫碧溶溶浮向落雩

明魚浪簇青萍　環曲岸漪練浸雲平棹引纖羅香拂
拂鏡窺嬌粉艷盈盈歌管作波聲

又調

湖上風縹緲楚江東入面涼生口粉白飄衣態捲舞衫
紅雩落水流中　尧轉蕙汎漾正無窮十里杳香吹不
盡四圍麥隴拂來重清氣獵芳叢

又調

湖上雲流影日絪縕天上千重成蜃市人間五彩作迴
文徐起合還分　浮遠蓋玉葉散晴曛仙女瑤臺衣作
想楚王巫峽䕺曾聞郁郁更紛紛

又調

湖上月白露暖空游瑤彩圓澄蒼落皎素光遥接絳槎流蟾影最宜烁　三五夜潔映雪華浮初見蛾眉臨玉鏡還看團扇下瓊樓千里謝莊愁

前調

湖上雪銀礫散蒼華黃竹歌殘山夜月瑤林玉墜鏡臺驚沙鴈泣悲笳　槑竹畔粉蘂落輕紗桺葉不分張黛巧絮團還繞謝簾斜白屋萬人家

前調

湖上雨絲縷望朦朧幾度驚催春夢曉數聲鳥喚畫船濛芳徑灑流風　瑤艸碧望裏失山峯裊裊颭來沾袂溼霏霏散去沐枝濃回首弄雲重

苒調

湖上草金谷鬬芳菲細軟昔承遊輦駐芊眠新襯勒驄肥香露滴依依　遊子遠平蕪弄斜暉自有青袍比秀色從教寶靨見羅衣百卉正萋遲

苒調

冬景八闋

寒夜月景望最凄然風雪可堪疎影照嬋娟偏惹冷香憐羅衷拚金鈿　淸漏永玉露涇餘煙一片薄疑霜滿地千河迷漫凍無邊燈火酒多緣

苒調

堤上栁宋宋對霜葭斷盡愁絲鶍掛月送殘客酒未還

家羌篴怨天涯　明月夜風露冷壐翄西子眉消欵黏

驣楚宮腰恡怨棲鵶青向渭城赊

寿調

天際鴈嘹嚦喚人愁幾陣字排秦塞晚一聲篴落楚江

烁楓葉在吳洲　湘浦別寄恨託銀鉤思婦高樓曾入

瘳征夫沙磧漫囬頭明月影悠悠

寿調

冬暮雨幽響滴空堦細細猶疑隨葉下絲絲時趁瀉珠

來凊泪溼乾萻　芭蕉畔零落舊蕭齋香斷漏殘添宋

寡牕寒影弄助離懷門擀獨衷哀

寿調

風陡峭透戶更穿屏碎片時敲簷畔鐵㥘聲常作竹間

箏摇影亂㪍棚　閑佇立小院珮飄珩葉盡梧桐空有

意絲㵸楊栁最無情吹鴈落江汀

又調

㪍落盡欄外曉煙空拾翠芳洲入宋宋題紅深院月朧

朧嬌鳥静㡘櫳　沉香倚傾國想芳容百卉庭前㨫玉

露一枝朧上報春風折向膽瓶中

又調

㡘外雪飛舞下梁園夢入棃㪍粧鏡粉吹寒梅蘸夜香

魂姑射珮環紛　遥望處明月碎荒村拂艸還教蒿徑

宋點池不妬荇波分瀟灑玉氛氲

荷葉杯調

河畔艸一望盡凄迷金勒不嘶新宋寡青袍鶇覓舊蕨蘺野燒又風吹　蝴蝶忿何處問歸期一架鞦韆寒月老滿庭鶗鴂故園非空自怨萋萋

南鄉子

曉起感懷

細雨宋疎櫳繡帳熏籌翠影重嬌鳥數聲香夢杳芳紅一片煙絲弄曉風　小藥長茸茸嫩栁輕烝染漸濃又是杳慾縈不了忡忡滅盡容華玉鏡中

鵲橋仙

七夕

流螢度影疎簾，撈暮銀漢波橫月小鸞機停織晚粧新

看此候吹簫人遠　湘蓑帶緩霧鬟釵墜總有離懷休

告人間怊悵負佳期枉目斷乘槎去杳

壽調

輕雩拂露長空掛月人在烌香院小盈盈一水兩相思

口能得珮環聲遠　銖衣羅薄翠蛾愁損試向瓊綃低

告無端臉外曉光催揜泣望星橋又杳

虞美人

瓶中臘槑

生香素面檀融暈懶傅何郎粉膽瓶折取貼仙葩試看

漸將春色逗些些　纖枝不鬬東風巧耐雪衝寒早鏡

蔣新寫漢宮粧却把玉顔澹澹拂輕黄

蔣調

立春

東風已上堤邊柳雪意還依舊晝羅綵勝學裁新不道閑愁又送許多春　年華只是侵蓬鬢雪信何須問待看雙蘭幾時來猶憶杏雪長對月裴裒

蔣調

春雪

玉虔吹落東風月對對梨雪發江南春信碧雲賒偏引粉香隨蝶膠天涯　歸鴻欲度迷湘渚遠恨渾如許休憐縹緲碎瓊飛却是助人幽思惱春衣

壽調

閏六月初七

年年新月鈎慊小鵲語星橋早鴛鴦樓上罷流黃正是香生碧簟夜來涼　今宵空惹迴腸切數盡螢明滅雙蛾蹙泪溼嬌慿拚取恨隨槎影再悠悠

踏沙行

君庸屢約歸朞無定忽爾夢歸覺後不勝悲感賦此寄情

粉籜初成薔薇欲褪斷腸池艸年年恨東風忽把寥吹來醒時添得千重悶　驛路迢迢離情寸寸雙魚幾度無眞信不如休想再相逢此生拚卻慿消盡

歬調

寥斷心灰詩成泪滴欲尋再寥鵜重覓雲山歷歷望中迷無窮煙對連天碧　客舍雲深宅鄉路隔鵜教夜夜長相識天涯只爲寥無憑參橫月落茫茫黑

歬調

和凝雲曺思翻教阿母疑余呂破瓜秊亦何須疑直當信耳作問疑詞戲示瓊章

芳艸靑歸梨花白潤曺風又入昭陽鬢繡臉日靜綺羅閑金鈿二八人如舜　碧字題眉紅香寫暈青鸞玉綫裊榴襯若教阿母不須疑粧臺試向飛瓊問

歬調

旾草

綠閙旾殘紅銜蘂少水流依舊平堤杳東風楊柳掛煙絲杳雲只送嗁鵑老　鷰子飛飛征帆渺渺天涯盡是王孫艸晝長屏揜博山寒煙冷日日屏萅遠

萅調

雪亂楊雲豆圓槑子慊萅漸覺消旾意東風特爲送旾來又教旾公恁難避　遲日窺慊晴雲落地遊絲拂逼行人袂平橋口綠自流紅鶯聲欲向斜陽醉

萅調

夜月感舊

葉露浮青艸煙凝碧月明一片傷心色無端雲影落西

簷看看移伴迴廊宗　往事堪嗟閑煞重覓闌珊竹紙

行行墨子規枝上自聲聲可憐盡被風吹入

荐調

寒食悼女

梅萼驚風梨雪謝雨疎香點點猶如故鶯嘅燕語一番

新無言悉李朝還暮　春色三分二分已過算來總是

愁鶴數迴腸催盡淚空流芳魂渺渺知何處

臨江仙

對雪憶君晦寄六妹

牕外瀟瀟疎竹響一檐梛絮輕飄草寒庭院逼璿瑶謝

家芳玉樹相對在槑梢　團扇空思歌白紵湘天鴈語

無聊自憐杯酒獨寒宵故鄉今夜月剡曲泛舟還

蝶戀花

桂竹槑柳蕉薇六影次楚女子朱瓊蘂韻不得言影不得言本色

蟾兔清輝浮碧對慊樹橫枝恍惚泠亹處畫出淮南招隱譜廣寒郄趁幽芳注　葉底金鵝愁欲曙蠹餌□□以滴廬山露漢殿靈波奇艷吐風來雲外飄香草 桂

前調

曲徑扶疎棲鳳羽細數花堦露冷莪枝聚歷亂湘妃羅襪步斑斑泪點渾鵝觀　拂東檀欒低映戶綠蔭葳蕤柯篠森如許仙人壇石逕相顧琅玕粉拂紅粧婦 竹

前調

幾度春來眉黛嫵一夜池塘楚女舞肢妬棲得嗁鴉墜
遠浦梨雩好共風前覷　綠倩東君曾作主欲繫行人
騎縮征鞍住灞上依依芳艸護斜陽去後章臺路 柳

前調

庾嶺南枝看漸誤清淺浮香空憶詩人賦上苑同心誰
並數江城篴裏吹還膴　公主猶憐粧額素千里江南
又把穠陰度雪夜揚州非侶故詠花剗下成新句 槑

前調

嫩綠輕翻巫峽楚長倚湖山縹緲臨風舉翠裏不禁霜
下舞霓裳恐化雲飛去　瘦入瀟湘疎雨助淅瑟清宵

侶向織阿語謍露潤堪消肺暑藥闌晚弄移陰覆蕉

前調

濃染臙脂初雨過綺閣紅霞滿地餘煙霧偏向黃昏重疊布繁枝不比槑花五　郄憶元郎聊共侶官舍潯陽不與晉風據一對堪憐鶉折取開樽且自歌金縷 紫薇

前調

感懷

猶見梅寒枝上小昨夜東風又向庭前遶寥破紗牕唬曙鳥無端不斷閑煩惱　郄恨疎慊慊外渺愁裏光陰脉脉誰知道心緒一砧空自搗沿堦依舊生芳艸

前調

元夕

疎影橫幮熀景葬萬對銀箏一夜東風吐粉片落䅛吹

繡戶畫堂香縷颺紅霧　人約黃昏明月妬何似芸箋

綵袖題三五莫問沉沉壺漏度夜深還艸鷓鴣賤

壽調

七夕

佳節漫憑眞與誤聊設罍樽看取橋成渡倩得蟬聲邀

日莫斜河一帶疎雲度　乘興箏陰杯莫負望裏星飛

郄是流螢錯遥憶鶉堪歸去路明朝愁殺殘機坐

壽調

和張倩倩思君庸作

竹影蕭森凄曲院那管愁人吹破西風面一日柔腸千刻斷殘鐙結泪空成片　細雨傷情過夜半陣陣南飛都是無書鴈薄倖鶤憑歸計遠梨花雨對羅巾伴

　　右調

　偶感

昨夜月明雩濺泪落盡寒英心緒渾如醉風裏煙絲將染翠紗窻曉鳥嘑聲碎　驀地愁來何處避百轉思量掉下全無計更被萋萋芳草殢悠悠長自相縈繫

　　右調

　小婢尋香婀娜有致楚楚如𢡧棠可憐年十二而死愴然哀之賦此

巫女腰肢天與慧淺髮盈盈碧嫩紅鬬蕙滿地鶯聲學
落碎宵茸翦破鶼重綴　蝴蝶尋飛香入袂不道東風
拍斷游絲脆最是雙眸烁水媚可憐雨濺臙脂退

繫裙腰

宵情

東風薄劣絮飛斜紅香落亂朝霞榆錢不買宵風住人
未還家翠綃泪滴點無涯　小院重重芳艸綠屏半掩
寥梨雲鴞聲又喚黃昏近幾陣歸鴉漸看月影到牕紗

風中柳

感舊

青小荷錢蓮底藕絲縈抱憶當年璃簫繚繞粧臺嫌撈

看穠豔天好有誰憐杜鵑啼老　拚盡重門只恐曺風吹到對朝雲西廔半遠愁懷如許料天還知道碧窗月舊時曾照

江城子

重陽感懷

霜飛深院又重陽漫銜觴遣愁腸爲問籬邊能得幾枝黃聊落西風吹塞鴈羅東薄晚飄香　韶華荏苒轉凄涼望瀟湘正茫茫木落庭臯秋色滿迴廊泣盡寒蛩悲蕙艸空惆悵莫秊光

卄調

西風自古不禁愁奈窮秋思悠悠何侶長江滾滾只東

流霽景蕭疏催晚色新月影掛簾鉤　芙蓉宋冀水痕收澹煙浮冷芳洲斷靄殘雲猶自倚重慶總有茱萸堪插鬢須不是少年頭

風入松

思君晦

柳絲籠碧碧雲低淑景遲遲問昔幾許枝頭花野芳處處芳菲穠遶池塘青艸燃聽上黃鸝　小庭疏雨又薔薇瘦損紅衣欲憑遠信青鸞杳望天邊江樹依依往事不堪重憶雲山極目寬迷

滿庭芳

昔怨

簾月光微屏山晝永斷魂長遠離亭小牕人靜無語正傷情默對殘燈明滅空憔悴鸚問寒、英熏籠倚香銷鑪枕慼極不聞更　清清聽塞鴈天邊嘹嚦往事頻驚歎微彎夢杳翠黛凝橫漫說流黃錦字何處寄天上瑤京多少恨憑風吹去飛遶鳳凰城

前調

端午

團扇裁冰宮盤射粉畫慊不上銀鉤繡符艾虎雙繞玉搔頭皓腕輕籠綵縷蒲英泛蟻綠金甌雕欄外桐彎低映紅裏賞扶留　香浮風澹澹迴廊轉午人倚重樓問當年燕黍誰為飄流楊柳斜陽歸晚人去後曲散梁州

空餘下界雲淒靄長遶楚江秌

等調

七夕

玉對香浮金波彩泛細風輕送雲行橋邊烏鵲千古説多情何事歡娛易散空惱悵玉鏡銀屏堪憐處牽牽芳艸青黛鑠秌横　盈盈增悵望耍耍漏點處處鷄聲看疎星漸曉珠露飛英腸斷鮫綃帕上休囬首枉自寃驚還須問長河渺渺流向幾時平

等調

感懷

秌色將分界雲初合四壁蛩韻悲憀薄紅微雨幾度自

淸宵多少西風蕭瑟吹不盡楚膠秦簫疎楊外芙蕖映水淸露鏡中凋　聊聊無語處酒凝杯冷爐綫香飄又蕩惹蝶倦鶯艸煙消且把殘鐙重剔尋舊句看取紅綃从今後憑他風月莫莫與朝朝

鳳凰臺上憶吹簫

步月

㡘影橫堦翠口埀梘畫闌芳徑苔肥看小庭煙醉白月澄漪㡘外將舒玉蘂尋蕚膠雪汗凝蕤金壺送迴廊靜悄墨灑花篩　微微羅衣耐冷雙繶向輕陰夜漸闌時想夕陽初下雲對參差又是嬋娟千里長相見澹景霏霏還待金濃香輭疊繡幞重幃

抙調

代人恨別

好事多磨重雲捹月曉風驚寥鵝畱又一番旾色惱亂枝頭湘浦珮沉波冷䨟影裏枉自凝眸添惆悵燕來鴻公鑠盡閑愁　休休楚臺已遠生惹得情深何處忘憂歎幽懷訏許總付東流那更闌前芳苒縈人思恨滿銀鉤空囬首從今風雨兩他悠悠

聲聲慢

倣舊人作韻用入聲字

旾光難問煙艸忘情憑悉將絲管新聲宮額初消雕梁紫燕聲聲湘簾半捹影碧畫闌干幾對鶂聲杳䨟下把琦

簫低按試學秦聲　綺陌香車競艷聽清歌緩緩是處
音聲小院人閑飛蛩悄悄無聲柰風忽來繡戶韻生涼
吹作濤聲耍有那楊柳外鶯語數聲

金菊對芙蓉

　草烌

涼雨人清悄寒夜靜片霞天際斜飛看青煙縈對白月
侵衣松梢露催殘葉碧苔上蛩影參差應來早怨蟲
喧砌繡幙低垂　自念獨鏁愁眉漸畫闌影轉斗柄初
遲又重陽太遠菊冷東籬芙蓉宋寡澄江晚問姮娥乍
耐淒其烌光又老難再好景莫負良時

玉蝴蝶

思張倩倩表妹

驀地流光驚換，畫闌一帶煙柳初齊。乍暖輕寒，庭院盡日轆轤送燕來。數聲啼鳥，牽縈忒幾對游絲。憶當年情含寶帳，未解春思。 堪悲盈盈極目，幾多江水隔若天涯。恨結丁香，甘應還自怪。香篆漫思量，尋籌舊約空惱悵。虛負芳期，又誰知夜牕寬斷，曉鏡低眉。

念奴嬌

閨情

鶯啼鷰語，正芳菲時候，紅嬌翠小。日日東風吹細柳，縷縷似人煩惱。徑近尋香，欄遶蝶縈，掩盡重門老。清明近也，隔簾燕遍芳艸。 枝上杜宇聲殘，紗牕向晚，天碧橫

空杳悄悄姮娥來伴我沉水瓊綃青鳧繡帶箋裙金釵
墜枕脉脉餘情遶起來惟有畫簷風馬敲曉

百字令

重午悼亡兼感懷

傷心時候又端陽景色依然滿目暗柳藏鶯千百囀聲
遶畫簾風竹舊恨吟彎新愁泣痕細雨凝蒲綠泪殘芳
艸斷魂何處鷓續　休說簫鼓咚咚龍舟競渡玉盌傾
醽醁今古興衰多少事不盡沅湘萬曲明月山空青彩
露宋燼水飛雲鶩落霞影裏乍如數椽茅屋

絳都春

上元後

輕煙逗雨把陣陣柔風低縈庭砌草色乍芳稞影初斜消幾許音光早暗鶯驚時序上元也無端來去鴨香薰翠鵲聲弄喜畫闌私語　漸近飛雾引蘡嗛芳舞又惹人添離句鐵鑠星殘玉膽瓶欹銀屏晚松梢月冷浮清露淺寒澹碧雲橫暮知見紅絲爭妍摠堪愁處

憶舊遊

感懷思倩倩表妹

歎無邊景色綠遍巠楊紅褪薔薇宋宋湘慊晚是東風過盡燕子還飛畫闌幾曲慵倚清露半煙肥悵舊恨驚心閑愁壓黛帶減羅衣　雲迷望何處有寶鏡銀奩箏腸依依想杏雾梢下把紅桃玉笛風月初吹故人別遙

深怨螺冷絳仙眉要粉蝶雙翻堦前懶自纖履移

水龍吟

丁卯余隨宦治臣諸兄弟應秌試俱得相晤逸仲韶還北獨燕中余幽居忽忽悅焉三載賦此志慨

西風昨夜吹來閑愁喚起依然舊苔錢繡澁蓉姿粉澹悴絲捺柳煙褪餘香露流初引一番還又想秦淮故迹六朝遺恨江山不堪回首　莫問當年秌色瑣牕長自簾垂繡淹留歲月消殘今古落花波皺客覊初囬鐘聲半曙鴈飛歸候便追尋錦字音稍多何與寒笳奏

苒調

砧聲敲動千門波頭斜日疎煙逗蓮歌又罷黃房將採
愁凝翠岫巫峽波平衡臯木脫粉雲涼透斷無端心緒
臺城柳色鶤禁許多消瘦　古道長安漫說小庭閑盡
應憐否紅綃雨細碧闌天杳三更銀漏塞鴈無書清鐙
空藥但餘綠酒想當年白傳靑衫還倩淚留雙袖

前調

六月二十四日和仲韶

碧天淸暑凉生流鶯嘶徹閑庭院又逢佳景誰家遊冶
芰裳蘭釧曲岸扶疎遥山晚映鉛華月遍看盈盈無數
慊鈎畫舫煙渚落霞千片　一望臙脂簇錦恍當年館
娃遺鈿朱顏毹醉糚窺水鏡珠翻團扇露溼雲凝六郎

無侶比將粤面還美取十里香風皓月素波長見

弄調

悼女

綠陰慘結閑庭捲慊不耐看風雨竹深煙徑柳鋪雲影澹然烁浦小閣凄涼畫屏宗算恨知何許□杜鵑啼罷落紅吹散祇剩得熄如纏　一自楚些賦後又嬋娟幾番三五琴書疊汞衣香猶在綺牎無語雪絮吟殘梨粤寥杳傷心千古倚闌干只有芊綿芳艸碧絲鶼數

弄調

澹煙浮翠枝頭熟梅時候偏憐雨蕉翻恨綠梔含怨粉何堪勝數紫燕低飛黃鸝巧囀漸驚徂暑向風弄搔首

彩雲易散不盡泪痕千縷　宋宋綉牀深鎖芸箋錦字
成遺堵月殘香令紅消碧碎熱腸相許欲覓仙踪難尋
方士海天路阻漫思量臉有南山雲竹怎書愁譜

苒調

庚午秌日余作水龍吟二闋兒俱屬和書之扇頭
今經三載偶簡篋中扇上之詞宛然二女已物是
人非矣可勝斷腸不禁泪沾衫袖因續舊韻賦此

空明擊碎流光迴腸一霎難尋舊芳華消盡涼蟾何意
半壑疎柳飛葉恨鷩凝雲愁結重重還又愴烌宵寥廓
夜蟲悽楚傷心幾回低首　盼望音容永絕斷腸祗剩
文如綉橫煙拂口征鴻將度月寒雩皺斜日啣江圍山

歎陌昔季時候痛而今淚與江流總向西風同奏

𢎘調

石城潮打千秌消磨不盡還相逗閑雲無定野水長縈繽紛遶岫古古今今朝朝莫莫如何叅透歎依然風景茫茫亥集但憑得秌容瘦　看取嬋娟秌色西風搖落應憐否碧天空濶寒煙無數怨砧淒漏把杯邀月醉濃愁極情同苦酒悵幽山叢桂飄殘何處斷香盈袖

㝵心動

憶懷

芳艸含煙送斜陽枝頭鳥聲啼歇弱栁弄條輕碧分絲過了上元佳節峭寒庭院簾櫳晚燃燈罷蟾光初缺暗

香滿東風影裏歲華驚瞥　卻恨無端薄劣榮損盡柔腸百迴千折曉色入幃惜別匆匆别語何曾共說而今徒有蒐旋遶爭知人心空切祇贏得悠悠黯然愁結

霜葉飛

題君善祝髮圖

悶懷難表西風弄愁入蹤跡顛倒笑拚華髮付淒涼露泣芙蓉老藤破梛煙蝴蝶曉沉吟擲鏡寒雲掃世事總休休但倩取幽牕月影夜半留照　憔悴動處非狂愁時非醉畫裏人應知道遶崖黃葉正紛紛好其哀猿嘯落蘂楚江君莫惱芳洲處處悲怵艸自有閑雲飛伴松月山空桂叢煙渺

鸝吹詞

芳雪軒詞

芳雪軒詞

芳雪軒詞

吳江葉紈紈昭齊譔

點絳唇

早春有感

小院黃昏一庭澹月人聲悄梅萼開了音信知多少
又是一番芳艸天涯道傷懷抱柰柰憔悴不侶春歸早

壽調

往事堪傷舊遊綠遍池塘上閑愁千丈暗逐庭蕪長
自古多情偏惹多惱悵添悽愴寒宵澹月一片淒涼況

浣溪沙

春恨

窗外霖雩落素英隔簾嗁鳥弄春晴斷腸芳艸又青青

獨倚畫鸞愁日莫半籠金鴨怯寒生閑思心事暗傷情

前調

幾日輕寒懶上樓重簾低控小銀鉤東風深鎖一窗幽

晝永半消春寂寂夢殘獨語思悠悠近來長自只知愁

前調

風雨閑庭鑠寂寥又看春色一分消琴屏斜倚思無聊

夢覺蹤情無處問悶來心緒最難描殢人殘病恨今朝

歬調

清晝沉沉揜碧紗困慵梳洗髻鬆鴉蕙鑪閒裊篆煙斜翦翦輕寒生繡戶霏霏細雨着庭花一窗新夢曉風賒

歬調

憔悴東風鬢影輕垂垂春色苦關情消夢無柰酒初醒嗁鳥數聲人睡起催花一霎雨還晴斷腸時節正清明

歬調

芳艸依依道路斜白雲何處是僊家空餘遠碧莽天賒紅泪滴殘清夜月夢魂長繞澹梨花幾番臨鏡黯傷

嗟

苻調

昨夜輕寒透薄羅曉來微雨忽相過紅英一半已看無

好句漫成嫌未切那知總爲恨鶊模日長雙黛柰顰

何

苻調

正是黃昏欲斷凝不堪簾外雨餘聲倚屏愁絕最鶊聽

紅燭來時朱戶揜篆香消處翠鑪清又看新月照疎

檽

苻調

宋宋重簾晝影沉網絲牽恨入愁吟泪痕和夢怨音深

羅袂暗鬆金縷扣惜馨潛減舊時心小慶幾日忪登

臨

寿調

燕子初來壘故巢曉鶯唬恨更添嬌一春都是等閑拋

不怨滿庭風雨惡只教終日夢魂消東風空鑠綠楊

羇

寿調

一段春慵曉鏡中怕聞馨氣入簾櫳夜來思遍舊情踪

粉蝶迷殘煙草綠晚風落盡海棠紅凭欄千里莫雲

重

寿調

日日枝頭墮粉香東君何事苦忩忙鳥號聲落送韶光
泪墮翠山情杳杳悶連青黛思茫茫含顰無語立斜陽

壽調

閑悶閑愁不自持幾回消盡又如絲小庭惆悵日遲遲
細雨斜風寒食後子規殘月曉回時此情誰問有誰知

壽調

鬭艸亭邊事已遷畫闌聲影只依然紫簫淒斷綠窗前
寥落旾深人病酒蕭條香徑柳垂煙東風回首總堪憐

前調

同兩妹戲贈冉婢隨青

楊栁風初縷縷輕曉粧無力倚雲屏慊前艸色最關情欲折鸞枝嗔舞蝶半回青瘳惱啼鶯日長深院理秦箏

前調

前闋與妹同韻妹以未盡更作再贈

翠黛輕描桂葉新栁腰嬝娜襯生塵風前斜立不勝青細雨嬌聲羞覓婿清矑粉面慣嗔人無口長自惱芳心

前調

新竹

百尺高抽出畫墻娟娟含粉秀久霜靜臨深院日初長翠靄濛空籠曙色清陰摇月照宵涼南薰池館占風光

菩薩蠻

代閨人春怨

羅巾拭遍傷春涙夜長香冷人無寐獨坐小窗前孤鐙照黯然　闌情雙紫燕腸斷鴛鴦伴無奈武陵迷恨如芳艸萋

觴調

春閨

輕風庭院將寒食海棠雨過嬌無力春思暗縈人春愁更斷魂　夢迷芳艸遠殢酒屏山掩蝴蝶撲鶯忙深閨日正長

前調

早春日莫共兩妹坐小閣中時風竹蕭蕭恍如昨夜慨焉賦此

遲遲瞑色籠庭院小窗靜掩香猶煖風弄竹聲幽蕭蕭卻似昨　愁懷長自訝共語憐今夜舊意與新情湘江未是深

前調

寂寥小閣黃昏莫依依恍若天涯遇窗外月光寒映窗

書幾删　話長嫌漏促香燼應須續幾種可傷心訴君
君細聽

　　　　　壽調

　　　　　感懷
茫茫昔夢誰知道綠楊一霎東風老自恨枉多情浮塵
長苦憎　艸堂青嶂繞曲岸溪聲小何日遂平生相攜
上玉京

　　　　　壽調
憑君莫問煙艘路悠悠總是無心處人世自顛狂空驚
日月忙　萋萋堦下艸日日堦前遶切莫繫閑愁閑愁
無盡頭

蒋調

和老母贈別

樽蒋香熖消紅燭可憐今夜傷心曲衫袖淚痕紅離歌淒晚風 忩忩苦歲月相聚還相別腸斷月明時後期鵑自知

蒋調

烌思

蒹葭一望連天碧蘼蕪消盡傷心色孤鴈正横空夕昜叓又紅 煙波多少事鵑作歸山計烌浪拍堤寒浮生共渺漫

三字令

詠香撲
疑是鏡又如蟾最嬋娟紅袖裏綠窗𡖖殢人憐藍錦帶姤雩鈿　蘭浴罷襯㫐纖撲還拈添粉艷玉肌妍麝氤氳香馥郁透湘𢅥

玉樓㫐

立秌

微雲日莫庭雩紫一葉飄輕澹羅綺扇驚長信泣佳人山冷蒼梧悲帝子　慶𡖖莫問相思字深院螢飛照砧杵西風蓴公幾時歸秌夢芙蓉江上水

踏莎行

莫㫐

零落閑庭春歸小院沉沉嫩綠鶯初囀晝長人靜拚重門楞嚴讀罷花陰轉　清思幽然塵情盡遣一簾幽靄東風晚數聲啼鳥欲黃昏滿堦月影澄澄見

前調

粉絮吹綿紅英飄綺又看一度春歸矣子規嗁破夢初醒凭闌目斷傷千里　塵世堪嗟流光驀倚浮生冉冉知何似舊遊回首總休題斷腸只有悠如此

前調

秋海棠

媚暈輕粧芳姿暎砌檀心一點清香細對人無語佀凝羞嫣然風韻多流麗　酒意將酣柔情欲繫盈盈泣向

西風閑只惱人寥月寒時斷腸無那鐙前睇

蝶戀花

烁懷

盡日重幃垂不捲庭院蕭條已是烁光半一片閑愁鷄自遣空憐鏡裏容華換　宋算香殘屏半掩脉脉無端往事思量遍正是消魂腸欲斷數聲新鴈南樓晚

繫裙腰

倣劉叔儗

窗兒半掩簾兒清庭兒靜袖兒輕音兒老冭傷情景兒明愁懶把步兒行　黛兒蹙蹙鬢兒傾闌兒倚悶盈盈萋萋綠艸兒迷斷歸程歎聲聲只羸得病兒成

滿江紅

秌思

桂苑香消芙蓉老白蘋浪起又漸是寒煙古木夕陽流水玉簟悲涼秌旅怨金砧淒楚關山思看斷霞明月照涼輝黯凝倚　詩酒興消殘矣愁與悶偏無已念嗁鶯別後水雲煙瀰佋悵不通天際信江南風景空如此聽秌聲蕭瑟夜蛩清心如死

前調

秌色澄清煙光淨碧天寥廓正此際悲涼滿目歲華搖落鏡裏流光私自惜瑤臺無路愁鶼託柰新來秌鬢不勝悲渾蕭索　問何處堪棲泊想蕙帳悲猿鶴要疎籬

叢菊艸堂風篳無柰都成虛負了塵勞客䕯何時却被西風消息暗驚心空思着

蒓調

聞鴈

梧葉飄翻㽲陰轉露華明月風正起深閨乍冷羅衣寒悰絡緯嘑寒催短䕯怨蛩聲咽悲長別歎可憐囬首又闗情新鶗鴂　憔悴盡清秌節增悵望腸如結見幾行征鴈錦書周折淚落西樓飛不定音傳塞北渾難說問天涯歸去是何時情淒切

鎖窗寒

憶妹

蕭瑟西風嘑蛩滿院轆轤聲歇流螢暗照歸思頓添淒切叜那堪近來信稀盈盈一水如迢迭想當初相聚而今難再燃腸空結　从別數更節念契濶情悰驚心歲月舊遊夢斷此恨憑誰堪說漸江天香老蘋洲征鴻不向燃時鈌待聽殘葉雨梧桐一夜嘑紅血

玉蝴蝶

感昔四首

滿目韶光明麗東風拂拂謽影悠悠簾捲重慶十二禁火初收艸青青遊人金勒昔宋宋深院銀鈎暗香浮誰家陌上幾處津頭　凝眸天涯信斷王孫何處闘寥多燃雙燕無憑日長凭遍小紅慶對鶯謽滿懷幽怨臨寶

鏡幾許情柔空消受月寒錦帳香冷衣篝

前調

天氣困人時節寒輕暖淺煙嫋雲流十里香風消瘦酒殢箏憂倚橫闌斷魂鶯續問錦帶春去誰留鏁閑愁重門晝永箏落庭幽　風流凝粧挈伴尋香拾翠何處堪遊一片閑情無端都上兩眉頭恨庭箏飛成點點隨去蝶夢冷悠悠縱休休韶華易老好景鶯酬

前調

景色穠芳淸晝游絲無力嫋嫋輕柔欲挽春光同住堪笑鶯留碧煙侵舊時羅裏紅香澹獨自粧慶繡幪幽弄晴暁鳥喚雨鳴鳩　多憂凭高一望江南香色千古揚

州囬首繁華斷腸都付水東流黯竟消一番懷古空目
斷萬縷新愁幾時休綠楊芳艸曾膠如烁

犇調

窗外曉鶯初囀梆黃條上聲過西廈好膠鶯囬深院簾
撈蝦鉤霧濛濛杳雲無語人宋宋芳艸如羞恨綢繆謝
娘慵憮斜倚箜篌　藁籌新粧鏡裏東風無計吹破曺
愁粉褪香消長門花月半沉浮問秊秊惱人紅綠看日
日伴我幃幬鏁眉頭黃昏雨後勝侶悲烁

前調

詠梆

拂地含顰寫黛無端贈折綠遍郵亭縱有風流萬種都

是離情恨攀枝渭城客泪空送別灞岸歌聲舞腰傾柔
柔弱力無恨銷凝　宮娃樓冓凭望東風老太不耐柔
縈澹碧輕黃酒旗村舍半橋橫向圍中但傷鬱鬱看陌
上莫怨盈盈黯心驚千絲萬縷總是愁生

前調

秋思

怊悵別來歲換清秋風月幾度悲傷極目蒹葭煙水一
片微茫黯鼉飛閑愁空斷還悵望孤悶偏長對池塘紅
消殘口綠怨初黃　凄涼蛩吟小院露寒金井月邊迴
廊詩酒瀟疎舊遊新恨最難忘捨重門卧殘清晝理瑤
瑟燒盡爐香數流光秋鐙閃澹無限徬徨

百字令

秌懷

秌光瀟灑正清江收潦芙蕖寫頹扇影辭人涼入芭嘆故國經時別月皎風淒瘦回琴謝多少鄉情切憑高對酒幽懷幾度悽結　無奈窗戶蕭條閑情冷落篆縷消金鴨客瘦悠悠何日了舊恨新愁萬疊病骨支離秊華屢換羅衷長唬血可憐雙鬢應知一夜堪鑷

水龍吟

次母韻早秌感舊同兩妹作

秌來憶別江頭依稀如昨皆成舊羅巾滴泪甕消古渡折殘煙柳砌冷蛩悲月寒風嘯幾口驚秌又嘆人生世上

無端忽忽空題往事搔首　猶記當初曾約石城淮水
山如繡追遊鶄許空嗟兩地一番肩皺枕簟凉生天涯
𡨋彼口腸時候願從今但向㝵前莫問流光如奏

壽調

蕭蕭風雨江天淒凉一片烁聲逗香消菡萏綠摧蕙艸
煙迷遠岫淚捞長空雲輕碧漢尋薄羅凉透恨西風吹
起一腔閑悶那勝鏡中消瘦　宋算文園烁色這情懷
問天知否簷鈴敲鐵琅玕折玉聽殘更漏澹月疏㡘小
庭曲檻且還斟酒算從來千古堪悲何用空沾衫衷

芳雪軒詞

傳古樓景印